Un petit grain de rien du tout

Responsable de la collection : Frédérique Guillard
Direction artistique : Bernard Girodroux, Claire Rébillard, Laurence Moinot

Nicolas-Jean Brehon

Un petit grain de rien du tout

Illustrations de Finzo

NATHAN

Les papas qui

voyagent rapportent

presque toujours

quelque chose quand

ils rentrent à la maison.

Mais plus ils vont loin,

et plus ce qu'ils rapportent

est petit…

Le papa de Théodore voyage très loin. Alors, il rapporte de très petits cadeaux. Un jour, il est même allé en Chine. C'est très loin. C'est là où il y a des Chinois. De la Chine, il a rapporté un grain de riz.

Un grain de riz
et des baguettes. Des baguettes
pour attraper le grain de riz.
Enfin… pour essayer !
Parce que personne n'a réussi :

la baguette a glissé, l'assiette s'est renversée, le grain de riz a sauté et le chien l'a avalé !

Le papa de Théodore, un autre
jour, a rapporté un grain de blé.
Il a dit qu'avec un seul grain
de blé on pourrait donner
à manger à la terre entière.
Alors, on l'a mis sur le balcon,
pour le faire pousser.
Mais c'est un pigeon
qui l'a mangé !

Le papa de Théodore a aussi
rapporté un grain de maïs.
Il a dit qu'avec le maïs on faisait
de la nourriture pour les animaux.
Surtout pour les poulets,
qui aiment beaucoup les grains.
Sauf les poulets rôtis,
naturellement, qui n'ont jamais
très faim et qui préfèrent
les frites.

Alors, on a jeté le grain de maïs.

Le papa de Théodore, un jour,
a rapporté un grain de raisin.
Il a dit qu'avec du raisin,
on pouvait faire du vin.
Alors Théodore a mis le grain
dans une bouteille. Mais au bout
d'un mois, le raisin est devenu
très vilain, et, au lieu du gros
grain, il n'y avait plus
qu'un petit pépin.

Un jour, le papa de Théodore
a rapporté un grain de café.
Il a dit que le café, c'était
très bon pour se réveiller.
Alors, un matin, Théodore s'est
levé très tôt. Il a lancé le grain
sur le nez de son papa en disant :
– Réveille-toi !

Mais le papa de Théodore
n'a pas trouvé ça drôle du tout !
Alors, on a jeté
le grain de café.

Le papa de Théodore a aussi rapporté un grain de poivre. Il a dit que c'était une épice qui sentait très fort et qui donnait du goût aux aliments.

Alors Théodore s'est approché, mais, en mettant le grain sous son nez, il s'est mis à éternuer, atchoum ! et le grain de poivre s'est envolé.

Et puis un jour, le papa de Théodore a rapporté un grain de sable. C'était un jour très important. Parce qu'il paraît que le désert, c'est ce qu'il y a de plus beau. Il l'a mis sur un plateau et il a commencé à raconter des histoires.

Tout le monde regardait
le grain de sable sur le plateau.
Et, au bout d'un moment, on a
vu des oasis et des chameaux.

Mais le grain de sable s'est
glissé dans l'appareil photo
tout neuf du papa de Théodore.
Et il a rayé toute la pellicule.

Alors, on a jeté le grain de sable.

Même s'ils sont tout petits,
on aime bien les cadeaux du papa
de Théodore. Mais ce qu'on
préfère, quand il rentre
de voyage, c'est son petit grain
de fantaisie, sa petite folie.

Et ce petit grain-là, jamais
il ne disparaîtra !

Nicolas-Jean Brehon

a beaucoup voyagé. Sa maison est pleine de souvenirs qui, comme les graines, croissent et embellissent chaque année un peu plus. Mais son plus beau souvenir, c'est quand il rentrait à la maison et qu'il déballait tout par terre : des jouets, des vêtements, des fruits et même un crocodile. Il y en avait partout mais on rigolait bien.

Finzo

dessine en s'amusant depuis dix ans, pour les petits et pour les grands. Ce qu'il aime, c'est renvoyer la balle à l'auteur, mettre son grain de sel, son petit grain de folie dans l'histoire !
Et quand les couleurs s'en mêlent, les histoires sont plus belles…

Dans la même collection

Arnaud Alméras
Les vacances de Calamity Mamie

Hubert Ben Kemoun
Tous les jours, c'est foot !

Nicolas-Jean Brehon
Un petit grain de rien du tout

Elsa Devernois
Qu'est-ce que tu me donnes en échange ?

Thierry Lenain
Menu fille ou menu garçon ?

Geneviève Noël
Un super anniversaire

Ann Rocard
Le loup qui n'avait jamais vu la mer.

Béatrice Rouer
Souris d'avril !

N° d'Éditeur : 10032381 - (1) - (8) - CSBP - 170 — Avril 1996
Impression et reliure : Pollina s.a., 85400 Luçon - n° 69528
ISBN 2-09-282404-X